Sheriff und Große Gefahr

Monika Larsson Imvik ist ein Multitalent, denn sie ist sowohl Schriftstellerin als auch Illustratorin und entwirft nebenher Bauanleitungen für Ikea-Möbel. *Sheriff und Große Gefahr* ist bereits ihr viertes Kinderbuch.

Monika Larsson Imvik

Sheriff und Große Gefahr

Aus dem Schwedischen von Angelika Kutsch

Mit Illustrationen
von Stefanie Scharnberg

CARLSEN

Deutsche Erstausgabe
Veröffentlicht im Carlsen Verlag
Dezember 2003

Umschlagbild: Stefanie Scharnberg
Umschlaggestaltung: Doris K. Künster / Britta Lembke
Corporate Design Taschenbuch: Dörte Dosse
Gesetzt aus der Sabon von Dörlemann Satz, Lemförde
Druck und Bindung: GGP Media, Pößneck
ISBN 3-551-35316-6
Printed in Germany

Kapitel 1

Die Hauptstraße von Buffalo City lag still da. Plötzlich flog eine mit Federn geschmückte Streitaxt durch die Luft, verfehlte das Fenster des Büros vom Sheriff nur um ein paar Zentimeter und schlug mit einem dumpfen Knall in die Wand ein.

Der Sheriff zuckte vor Schreck zusammen. Blitzschnell sprang er auf, zog den Revolver und war mit zwei langen Sätzen an der Tür. Er legte das Ohr dagegen und lauschte. Nichts war zu hören. Er schlich zum Fenster, spähte vorsichtig durch den Vorhang und lief dunkelrot an. Wütend steckte er den Revolver zurück in das Holster und riss die Tür auf.

»Du Taugenichts, du Lümmel!«, brüllte er und drohte mit der Faust.

Den Jungen dort draußen schien das aber gar nicht zu beeindrucken.

»Was für ein Wurf! Der hat gesessen!«, sprudelte er begeistert hervor. »Hast du den gesehen?«

»Nein, ich kann noch nicht durch Wände gucken«, antwortete der Sheriff unwirsch.

Der Junge hörte nicht hin. Er holte einen braunen Lederbeutel hervor und reichte ihn dem Sheriff.

»Hier ist die Spezial-Hustenmedizin für Delicia«, sagte er fröhlich. »Bitte sehr!«

Der Sheriff vergaß auf der Stelle seine Wut und öffnete rasch den Beutel, der eine Glasflasche enthielt. Er zog den Korken heraus und schnupperte an der braungrünen Flüssigkeit.

»Donnerwetter!«, rief er und verzog das Gesicht. »Die scheint ja wirklich stark und gut zu sein! Grüß Gelbe Sonne von mir und sag ihr meinen Dank!«

»Mutter hat sie nicht allein hergestellt, der Medizinmann hat ihr geholfen«, sagte der Junge.

Er packte die Axt, die fest verkeilt in der Wand steckte, und riss und zerrte daran. Schließlich gelang es ihm, sie herauszuziehen, dann schwang er sie wild über seinem Kopf.

Der Sheriff betrachtete ihn. Der Junge war klein und mager. Er hatte muntere braune Augen und goldbraune Haut. Das schwarze Haar, das in der Mitte gescheitelt war, reichte ihm bis über die Schultern. Um die Stirn trug er ein buntes Band und im Nacken hatte er eine schwarze Feder befestigt. Seine Jacke war aus Wolfsfell, genau wie die Hose, der beste Schutz gegen die raue Winterkälte. In seinem Gürtel steckte eine etwas kleinere Axt. Außerdem hingen dort einige Messer verschiedener Art und Größe. Der Sheriff seufzte.

»Hör mal, mein Junge, es ist kein Wunder, dass man dich Große Gefahr nennt. Du bist lebensgefährlich für Mensch und Tier! Weiß deine Mutter eigentlich, dass du rumrennst und anderen Leuten Äxte in die Wände wirfst? Und warum um alles in der Welt musst du all diesen Mist mit dir herumschleppen?« Er zeigte auf die Äxte und Messer.

»Wie soll ich sonst Leute skalpieren? Oder mich verteidigen?«, antwortete der Junge ruhig und steckte die Axt endlich in den Gürtel.
Wieder seufzte der Sheriff. Er ließ den Blick über die leere Straße gleiten. Keine Menschenseele war zu sehen, nicht mal vorm Laden oder dem Haus des Barbiers. Sogar der Saloon schien verlassen zu sein. Na ja, die Leute waren offenbar schlau genug, um bei dieser Kälte zu Hause zu bleiben. Hinter der Reihe von Holzhäusern dehnte sich die Prärie, kalt und ungastlich, und weit in der Ferne lagen die blaugrauen Berge mit den weißen Gipfeln.
Der Winter war früh hereingebrochen. Ein kalter Wind fegte über die Straße und wirbelte Staub und Abfall auf. Der Sheriff erschauderte und wollte sich gerade in die angenehme Wärme zurückziehen, als ein kleiner zottiger Hund in sein Büro schlich.
»Raus mit dir, du Töle«, brüllte der Sheriff und versuchte den Hund zu verscheuchen. »Schh! Raus! Na, wird's bald, du verlaustes Vieh?«
Große Gefahr tauchte in der Tür auf. Er konnte sich vor Lachen kaum halten. Der

Hund saß vor dem Sheriff und sah ihn aus traurigen braunen Augen an. Er sah entsetzlich aus, mager und elend, und sein Fell war schmutzig und verfilzt. Der Sheriff betrachtete ihn missbilligend.

»Der scheint irgendwas zu wollen«, sagte Große Gefahr.

»Ich kann mir schon denken, was der will«, sagte der Sheriff gereizt. »Der will nur was zu fressen. Aber das soll er gar nicht erst versuchen – hier kriegst du nichts, du Untier!«

Große Gefahr ließ sich neben dem Hund auf die Knie nieder.

»Du Armer, hast du Hunger?«, fragte er und streichelte ihm zärtlich über Kopf und Hals. Der Hund wedelte vorsichtig mit dem Schwanz.

»Er hat was im Fell!«, sagte Große Gefahr plötzlich.

»Das wundert mich nicht«, antwortete der Sheriff sauer. »Das sind bestimmt Flöhe und Läuse und noch so einiges andere, und wenn du ein ganzes Vogelnest bei ihm findest, würde mich das gar nicht überraschen.«

»Nein, so was nicht«, sagte Große Gefahr eif-

rig. »Er hat ein Band um den Hals und daran hängt etwas.«
Neugierig beugte sich der Sheriff über den Hund. Das Band war im zottigen Fell versteckt und nicht leicht zu entdecken.
»Tatsächlich, ich glaub, du hast Recht«, murmelte der Sheriff und griff nach dem Zettel, der an dem Band hing. Vorsichtig strich er ihn glatt. Auf dem schmutzigen Wisch stand etwas. Große Gefahr sah, wie der Sheriff erstarrte.
»Lies vor!«, bat er den Sheriff.
Der Sheriff richtete sich auf.
»So wahr ich hier der Sheriff bin – das ist ein Hilferuf!«, sagte er aufgeregt. »Hier steht: HIHLFE ER NIMT MEIN GOLT ICH BIN GEFANGEN KOMM ZU ...«
»Komm wohin?«, fragte Große Gefahr.
»Das weiß ich nicht«, sagte der Sheriff. »An dieser Stelle ist der Zettel abgerissen.«
Er legte die Stirn in tiefe Falten und begann im Zimmer auf und ab zu gehen, während er nachdachte, dass es krachte. Hin und wieder warf er einen Blick auf das Blatt Papier, als ob er

hoffte, dort könnte plötzlich noch mehr stehen. Große Gefahr verhielt sich ganz still, um ihn nicht beim Nachdenken zu stören.
»Hier sind viele Fragen offen«, sagte der Sheriff grimmig. »Wer hat den Zettel geschrieben? Wo befindet sich der Gefangene? Wer ist der Golddieb? Wie gesagt, viele Fragen – aber keine Antworten.«
Große Gefahr nickte und wies mit dem Kopf auf den Hund.
»Er weiß es. Wenn er doch bloß reden könnte.«
»Das Vieh kommt mir irgendwie bekannt vor«, sagte der Sheriff und zwirbelte nachdenklich seinen Schnurrbart.
»Ja! Jetzt weiß ich es!«, rief Große Gefahr aus. »Er sieht aus wie Allan Madds Hund! Fabian! Bist du Fabian?«
Der Hund wedelte eifrig mit dem Schwanz.
»Nein, das ist unmöglich«, meinte der Sheriff. »Fabian hat ein weißes und ein braunes Ohr. Dieser Dorfköter ist ja ganz grau.«
»Fabian, komm!«, lockte Große Gefahr. »Komm zu mir.«
Der Hund erhob sich, trottete auf den Jungen

zu und leckte ihm übers Gesicht. Große Gefahr untersuchte das Fell genau.
»Er hat ein weißes und ein braunes Ohr«, sagte er schließlich. »Er ist bloß so schmutzig, dass man das nicht sehen kann. Guck mal, hier!«
Er zeigte das dem Sheriff. Geduldig ließ Fabian seine Ohren noch einmal untersuchen.
»Na, dann haben wir ja schon mal einen Teil des Rätsels gelöst. Wir wissen, WER Hilfe braucht«, sagte der Sheriff. »Fabians Herrchen, Allan Madd! Ich bin bereit jederzeit auszurücken, das ist meine Pflicht! Aber wie soll ich jemandem helfen, von dem ich nicht weiß, wo er ist? Das schafft nicht mal der Sheriff von Buffalo City.«
Er begann wieder auf und ab zu gehen. Plötzlich blieb er stehen.
»Du hast gesagt, der Hund weiß ...«
»Wenn Allan Madd den Zettel geschrieben und Fabian ihn hergebracht hat, dann müsste er doch denselben Weg auch wieder zurückfinden?«
»Gar nicht so dumm«, sagte der Sheriff. »Sehr schlau, das muss ich schon sagen.«

Große Gefahr reckte sich stolz.
»Das entscheidet alles«, fuhr der Sheriff fort. »Fabian wird unser Wegweiser sein. Wir brechen in der Morgendämmerung auf.«
»Um wie viel Uhr?«, fragte Große Gefahr. »Hoffentlich gibt meine Mutter mir ihr Pony.«
»Es ist keine Rede davon, dass du mitkommst, Große Gefahr«, sagte der Sheriff energisch. »Das ist ein gefährlicher Auftrag. Kein Mensch weiß, welche unbekannten Wege ich gehen muss. Niemand weiß, welche Gefahren dort auf mich lauern oder wie gefährlich die Banditen sind, aus deren Händen ich Allan befreien muss.«
»Aber das ist doch bestimmt nur einer«, sagte Große Gefahr. »Auf dem Zettel steht doch ER.«
»Das macht keinen Unterschied. Du würdest mir nur im Weg sein.«
»Ach, bitte«, flehte Große Gefahr. »Ich kann doch so gut mit Pfeil und Bogen umgehen und mit dem Messer. Hast du nicht selbst gesehen, wie gut ich die Streitaxt werfen kann?«
Der Sheriff schnaubte.

»Es bleibt beim Nein«, sagte er unerbittlich. »Was sollen denn die Leute vom Sheriff von Buffalo City denken, wenn er ein kleines Kind mit auf Gaunerjagd nimmt? O nein!«

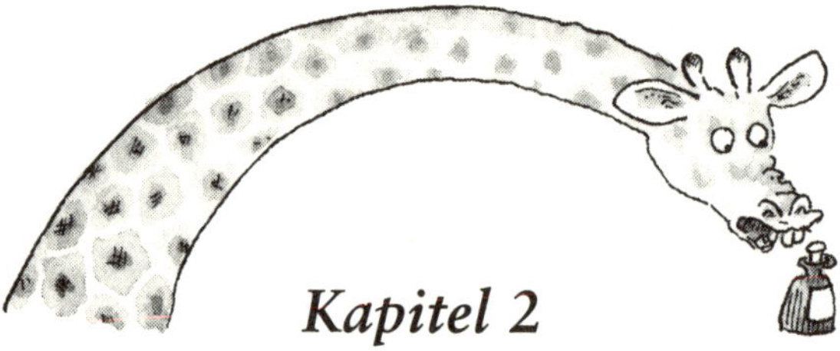

Kapitel 2

Wütend und enttäuscht wanderte Große Gefahr nach Hause in das Lager der Rabenindianer. Es hatte angefangen zu schneien, feiner weißer Flaum wirbelte im Wind, aber Große Gefahr merkte es kaum.

»Wer hat denn das Halsband mit dem Zettel gefunden? Wer ist darauf gekommen, wem der Hund gehört? Und wer hat herausgefunden, dass der Hund den Weg kennt? War ich das etwa nicht? Doch! Und trotzdem soll ich zu Hause bleiben«, schniefte Große Gefahr vor sich hin.

Außerdem hatte der Sheriff ihn beleidigt. Er hatte die Waffen von Große Gefahr »Mist« genannt. Obwohl Große Gefahr genau studiert hatte, wie der weiße Mann kämpft. Er hatte Straßenkämpfe in Buffalo City gesehen und sogar ein Revolverduell. Davon hatte er sich einiges abgeguckt.

»Es ist nämlich so«, murmelte er. »Angenommen, man ist mit einem Revolver bewaffnet, dann kann man sechs Schüsse abgeben, bevor man neu laden muss. Angenommen, man begegnet einem Feind und es kommt zu einem Kampf auf Leben und Tod, beide geben sechs Schüsse ab und alle verfehlen ihr Ziel, dann ist es doch gut, wenn man einen zweiten Revolver ziehen kann, während der andere noch in seinen Taschen nach der Munition sucht, um nachzuladen. Keine Frage, wer da den Kampf gewinnt. Aber man kann natürlich auch an einen Gegner geraten, der genauso clever ist wie man selbst, der also auch zwei Revolver hat. Wie kann man dann gewinnen? Ganz einfach – indem man drei Revolver hat, ist doch klar.«

Große Gefahr nickte zufrieden. Wer die meisten Waffen hat, gewinnt immer, das versteht doch schon das kleinste Kind. Er zog eine Grimasse. Nur der Sheriff weigert sich das zuzugeben. Er ist zu vernagelt, um zu kapieren, dass der Golddieb mit all den Waffen, die sie beide zusammen haben, keine Chance gegen sie hätte. Aber er ist selber schuld! Hoffentlich verirrt er sich unterwegs ...

Der Schnee fiel dichter und Große Gefahr ging schneller. Plötzlich hatte er eine Idee.

»Ich glaub, ich gehe doch mit! Heimlich. Ich folge dem Sheriff mit Abstand, ohne dass er mich bemerkt. Dass mir das nicht gleich eingefallen ist!«

Fröhlich überlegte er weiter. Vielleicht würde es sogar dazu kommen, dass er dem Sheriff das Leben retten konnte! Wenn sich Sheriff und Bandit Auge in Auge gegenüberstanden und der Bandit den Revolver zog, um auf den Sheriff zu schießen – dann würde Große Gefahr auftauchen, wie durch einen Zauber. Er würde genau zielen und dem Banditen in letzter Minute mit einem Pfeil die Waffe aus der Hand schießen. Der Sheriff würde sich wahnsinnig freuen und sich auf Knien bei ihm bedanken. »Danke! Du hast mein Leben gerettet. Danke,

dass du mir gefolgt bist, obwohl ich dir das verboten hatte.«
Bei dieser Vorstellung bekam Große Gefahr richtig gute Laune.
»Der Sheriff soll sich nicht einbilden, dass er über mich bestimmen kann – ich mach, was ich will. Und das ist sein Glück!«
Als er das Dorf der Rabenindianer erreichte, hatte er sich einen genauen Plan zurechtgelegt, nach dem er vorgehen wollte.

Der Sheriff holte einige Leckerbissen aus dem Vorratsschrank: Pfannkuchen, ein Stück Speck, einen Zipfel Wurst, einen ordentlichen Klacks Grütze und eine halbe Kanne fette Milch. Das alles verschlang Fabian in Sekundenschnelle, dann schlief er neben dem warmen Herd ein. Der Sheriff schlich hinaus und schloss die Tür leise hinter sich. Es war Zeit, Delicia die Hustenmedizin zu geben.
Der Stall des Sheriffs sah nicht aus wie die anderen Ställe in Buffalo City. Er hatte einen hohen dünnen Turm. Der Sheriff hatte Angst vor Pferden und ritt deshalb eine zahme Giraffe mit

Namen Delicia. Die hatte er einem reisenden Zirkus aus Spanien abgekauft. Den Turm hatte er auf den Stall gebaut, damit Delicia ihren Hals ausstrecken konnte.
Schon aus der Ferne hörte er sie husten. Das klang überhaupt nicht gut und der Sheriff machte sich Sorgen. Wenn Delicia ernsthaft krank wurde, würde er nicht fahnden und Gauner jagen können. Und wie sollte er dann für Ordnung in Buffalo City sorgen? Daran wagte er gar nicht zu denken. Er hatte die Mutter von Große Gefahr, Gelbe Sonne, um Rat gefragt. Bei Menschen konnte sie Gicht und Bauchschmerzen heilen, aber eine Medizin für Giraffen hatte sie noch nie hergestellt. Deshalb war sie zum Medizinmann ihres Stammes gegangen. Der kannte sich mit vielen Kräutern und heilenden Pflanzen aus, er stand mit den Geistern der Ahnen in Verbindung und konnte Magie und Beschwörungen einsetzen. Nach gründlichem Nachdenken hatte er eine braungrüne Flüssigkeit zusammengerührt, die sich jetzt in der Flasche befand. Der Sheriff war sicher, dass es nirgends eine bessere Hustenmedizin für Delicia gab.

Er öffnete die Tür zum Stall.
»Hallo, altes Haus«, rief er. »Ich bring dir Medizin! Bald ist dein blöder Husten wieder weg.«
Als er den Korken aus der Flasche zog, hielt er die Luft an, damit ihm der Geruch nicht in die Nase stieg. Dann füllte er einen großen Löffel mit dem dickflüssigen Zeug und hielt ihn Delicia hin. Die Giraffe schnupperte daran und sah den Löffel misstrauisch an.
»Jetzt sei ein braves Mädchen und schluck das runter«, bat der Sheriff. »Probier es doch wenigstens mal.«
Nach vielem Betteln und Locken öffnete die Giraffe endlich das Maul und der Sheriff kippte schnell den Löffelinhalt hinein. Doch als Delicia das Zeug schmeckte, spuckte sie sofort alles wieder aus. Würg! Der Sheriff warf sich schnell zur Seite, um keine Dusche abzukriegen.
»Pfui, Delicia!«, schimpfte er und versuchte sich ein paar Tropfen vom Hemd zu wischen. »Wie sollst du denn je wieder gesund werden, wenn du die Medizin nicht nehmen willst?«
Delicia reckte den Hals hoch hinauf in den Turm und presste die Lippen fest zusammen.

»Hier hilft nur eine List«, murmelte der Sheriff verbissen, »man muss sie mit etwas locken, das sie mag, zum Beispiel mit weißen Bohnen.«
Nach langem Hin und Her und nachdem Delicia eine ganze Dose Bohnen gefressen hatte, schaffte es der Sheriff endlich, ihr die Hustenmedizin einzuflößen. Er wischte sich den Schweiß von der Stirn und streichelte die Giraffe.
»Dann gute Nacht, Delicia! Jetzt müssen wir beide schlafen. Morgen haben wir einen langen Tag vor uns …«

Kapitel 3

Als der Sheriff am nächsten Morgen aufstand, war es draußen noch stockfinster. Es war windig und Schnee wirbelte die Straße entlang. Der Sheriff grunzte unzufrieden. Das war ein miserables Wetter, um mit einer erkälteten Giraffe auszureiten. Doch dann hatte er eine glänzende Idee! Delicia musste natürlich warm eingepackt werden: mit einer Decke über dem Rücken und einem Halstuch. Er besaß einen grauen Wollschal, aber der würde, obwohl er sehr lang war, bei weitem nicht für Delicias Hals reichen. Außerdem kratzte der Schal und damit würde sie sich nicht abfinden. Nein, er musste sich etwas anderes einfallen lassen.

Sein Blick fiel auf den langen, blau gestreiften Flickenteppich auf dem Fußboden ... Ja, warum nicht? Es gab noch einen davon in der Gefängniszelle. Die beiden würden bestimmt reichen. Er rollte die Teppiche zusammen und nahm sie mit hinaus in den Stall.

Mit Hilfe einer Leiter gelang es ihm, die Teppiche um Delicias Hals zu wickeln und mit einem langen Seil zu befestigen. Voller Bewunderung betrachtete er sein Werk.

»Richtig schick, das muss ich schon sagen! Jetzt bleibt dein Hals schön warm, Delicia!«

Eine Stunde später war alles klar zum Aufbruch. Die Satteltaschen waren mit Proviant, Munition und Heu für Delicia gefüllt, hinterm Sattel hatte er noch eine Extradecke befestigt.

»Los, Fabian! Zeig uns den Weg zu deinem Herrchen!«, forderte der Sheriff den Hund auf und Fabian lief eifrig los.

Die Straßen waren verlassen und leer. Alle Fenster waren noch dunkel, es war nichts weiter zu hören als das Heulen des Windes und das Knarren der Satteltaschen. Alle in Buffalo City,

Menschen und Tiere, schliefen noch friedlich. Der Sheriff schmunzelte.

»In Buffalo City können die Leute sicher in ihren Betten liegen, sie wissen, dass der Sheriff über die Stadt wacht. Sie wissen, dass der lange Arm des Gesetzes sich nach jedem Banditen und Betrüger ausstreckt und ihn – zack – ins Gefängnis steckt!«

Er pfiff fröhlich eine Melodie vor sich hin. Delicia warf ihm einen schlecht gelaunten Blick zu. Sie wünschte, das Flickenteppichhalstuch würde ihr auch über die Ohren reichen.

Was der Sheriff nicht ahnte, war, dass doch jemand in der schlafenden Stadt wach war. Ein Paar Augen folgte ihm aufmerksam. Sobald er den Stadtrand erreicht hatte, glitt ein Reiter hinter dem letzten Haus hervor und folgte ihm in einem gewissen Abstand.

Den ganzen Vormittag über ritten sie. Fabian hatte es eilig, zu seinem Herrchen zu kommen, aber der Sheriff hielt ihn zurück. Delicia durfte sich nicht überanstrengen, sonst würde der Husten vielleicht noch schlimmer werden. Fabian war ungeduldig und stürmte voraus, kehrte aber in gleichmäßigen Abständen zurück, um sich davon zu überzeugen, dass der Sheriff und die Giraffe noch auf dem richtigen Weg waren.

Um die Mittagszeit machten sie eine kurze Pause und stärkten sich. Der Schnee fiel immer dichter und der Himmel hatte sich inzwischen schwarz gefärbt. Der Wind nahm zu. Besorgt sah sich der Sheriff um. Jetzt zog bestimmt ein Unwetter auf. Er fragte sich, wie lange er wohl noch reiten musste, bis er Allan Madd fand. Wenn ich es richtig sehe, dann sind wir auf dem Weg zum Red Rock, dachte der Sheriff, während er die Hände um einen Becher mit dampfender Blaubeersuppe legte. Dorthin führt ein Weg, den ich ganz gut kenne. In Gedanken folgte er dem sich schlängelnden Pfad, der zu der Klippe auf dem Berg führte. Eigentlich gab es da nur eine gefährliche Stelle, das Stück vorbei am Totenkopfgrinsen.
Das war eine tiefe Schlucht, die von großen Steinblöcken gesäumt wurde. Sie sah genauso aus wie ein aufgerissenes Maul mit riesigen

Zähnen. Gleich galt es, sich rechts zu halten, sonst kam man zum Bestattungsplatz der Rabenindianer. Hu, das war ein unheimlicher Ort, den er lieber mied. Dort wimmelte es von Dämonen und unseligen Geistern.

»Aber Fabian zeigt uns den Weg und ich folge ihm, ganz gleich wohin er geht«, murmelte der Sheriff mutig und knabberte an einem Mandelkeks. Er gab auch Delicia einen und richtete ihren Schal, während er weiter nachdachte.

»Am Red Rock ist der Weg zu Ende, bei diesen Schuppen, die die Goldgräber gebaut haben.« Er runzelte die Stirn. »Soviel ich weiß, haben sie dort nie Gold gefunden. Was um alles in der Welt hat Allan Madd dort zu suchen?«

Der Sheriff starrte Fabian an. Möchte wissen, ob ich mich auf den Köter verlassen kann, dachte er. Vielleicht hat er gar nicht kapiert, dass er uns den Weg zeigen soll? Vielleicht denkt er, wir wollen nur spielen? Ein schrecklicher Gedanke schoss dem Sheriff durch den Kopf. Wenn das nun alles nur ein Scherz war! Wenn ihn jemand reinlegen wollte?! Vielleicht sollte er lieber umkehren und nach Hause zurückgehen. Aber nein! Solche Gedanken musste er sich verbieten. Bei dem leisesten Verdacht, dass sich ein Mensch in Not befand, musste er alles tun, um ihn zu retten. Entschlossen packte er den leeren Blechbecher ein und ritt weiter. Der Schneefall nahm zu. Der Weg führte bergauf.

Kapitel 4

In der Dämmerung desselben Morgens war Große Gefahr nach Buffalo City geritten. Er hatte es sich bequem eingerichtet. In seinem Gürtel steckte nur ein kleines Messer, mit dem er das getrocknete Fleisch schneiden konnte. Alle seine anderen Waffen – Messer, Streitäxte und Pfeil und Bogen – hatte er dem Pony so aufgeladen, dass er rasch danach greifen konnte, falls es nötig werden sollte.

Als er die schlafende Stadt erreichte, hatte er das Pony hinter einem Haus, nicht weit entfernt vom Büro des Sheriffs, angehalten. Aus seinem Versteck heraus hatte er Fabian durch das Schneetreiben davonstürmen sehen, der

Sheriff auf der Giraffe war ihm dicht auf den Fersen gefolgt. Große Gefahr hatte ihnen einen ordentlichen Vorsprung gelassen, bevor er ihnen nachgeritten war.
Soweit er das aus der Ferne erkennen konnte, hatte der Sheriff kein Gewehr dabei. Große Gefahr schüttelte den Kopf. Ihm war es unvorstellbar, dass der Sheriff nur seinen alten Revolver mitgenommen hatte. Begriff er nicht, dass er für diesen Job besser ausgerüstet sein musste? Mit Golddieben war wahrhaftig nicht zu spaßen. Was für ein GLÜCK der Sheriff hatte, dass er einen unsichtbaren Begleiter hatte, der bis zu den Zähnen bewaffnet und bereit war ihm bei der geringsten Gefahr beizustehen.
Ziemlich bald erkannte Große Gefahr, dass der Weg zum Red Rock führte. Dann würden sie nah am Bestattungsplatz der Rabenindianer vorbeireiten. Dort war er schon mehrere Male mit seinem Vater gewesen, deshalb kannte er den Weg gut. Er brauchte also nicht zu befürchten, dass er den Sheriff aus den Augen verlor, und konnte einen etwas größeren Abstand lassen. So war das Risiko kleiner, ent-

deckt und nach Hause geschickt zu werden. Der wirbelnde Schnee half ihm auch, sich zu verbergen. Delicia erahnte er mit Müh und Not in all dem Weiß vor sich. Manchmal brachte der Wind ein Geräusch mit sich, dem er folgte. Es war der Sheriff, der falsch und schrill pfiff.

Es tobte das schlimmste Unwetter, in dem der Sheriff je unterwegs gewesen war. Die Kälte war beißend, der eisige Nordwind versuchte ihn aus dem Sattel zu kippen und die Kleider von seinem Körper zu reißen und zerrte an Delicias Schal. Er bohrte spitze Eisnadeln in das Gesicht des Sheriffs und fiel ihn im nächsten Moment von hinten an. Die Luft war so voller Schnee, dass man kaum die Hand vor Augen sehen konnte. Der eisglatte steinige Pfad führte in der Nähe der Schlucht steil bergauf.
Der Sheriff sprach ein stilles Gebet, dass sie sich bei dieser schlechten Sicht nicht verirrten. »Es wäre natürlich schön, zu Hause im warmen Büro zu sitzen«, murmelte er, »aber kein Sturm und kein Unwetter darf die Jagd nach gefährlichen Dieben aufhalten, NICHTS darf

den Sheriff von Buffalo City davon abhalten, seinen Job zu tun.«

Er zog sich den Hut noch tiefer über die Ohren und band den Schal fester. Im selben Augenblick wurde Delicia von einem gewaltsamen Hustenanfall geschüttelt. Der Sheriff verlor das Gleichgewicht und merkte, wie er aus dem Sattel glitt. Er tastete nach etwas, woran er sich festhalten konnte, aber zu spät! Mit einem Plumps fiel er zu Boden und rutschte den Abhang hinunter.

Vergeblich versuchte er die Fahrt abzubremsen. Dann fiel er über eine Kante und blieb an einem Gebüsch hängen. Er klammerte sich an einen Zweig und tastete mit den Füßen nach Halt, aber unter ihm war es leer ... War er auf dem besten Weg, im Totenkopfgrinsen zu verschwinden?

Trotz der großen Kälte spürte er, wie ihm der Schweiß ausbrach. Wie tief war der Abgrund unter ihm? Er wagte nicht den Kopf zu drehen und nachzusehen. Krampfhaft hielt er sich an dem Busch fest, den Blick starr nach oben gerichtet. Wo war Delicia geblieben?

»Delicia!!«, rief er, aber sein Rufen war nur ein kraftloses Piepsen im Sturm.

»Deliiiciaaa!!!«, brüllte er, so laut er konnte. Zu seiner großen Erleichterung tauchte tatsächlich der Kopf der Giraffe über dem Busch auf. Nun musste er sie nur noch dazu bringen, den Kopf zu neigen, aber wie? Plötzlich fiel ihm ein Trick ein, den er einmal von ihr gesehen hatte, als sie noch im Zirkus aufgetreten war.

»Küsschen, Delicia!«, rief er. »Küss mich!«

Delicia glotzte ihn an. Irgendetwas wollte er von ihr, aber sie verstand nicht, was.

»Küsschen, Delicia!«, versuchte er es wieder. Sie rührte sich nicht vom Fleck. Der Sheriff fühlte, wie seine Finger langsam taub wurden. Der Busch krachte beängstigend, als er neuen Halt suchte. Plötzlich fiel ihm ein, wie »ein Kuss« auf Spanisch heißt. Schließlich war Delicia ja in einem spanischen Wanderzirkus aufgetreten.

»Un besito!«, schrie er. »Delicia! Un besito!!«

Jetzt kam Leben in die Giraffe. Jetzt verstand sie. Sie beugte sich mit vorgewölbten Lippen zu ihm herunter und drückte ihm einen feuchten

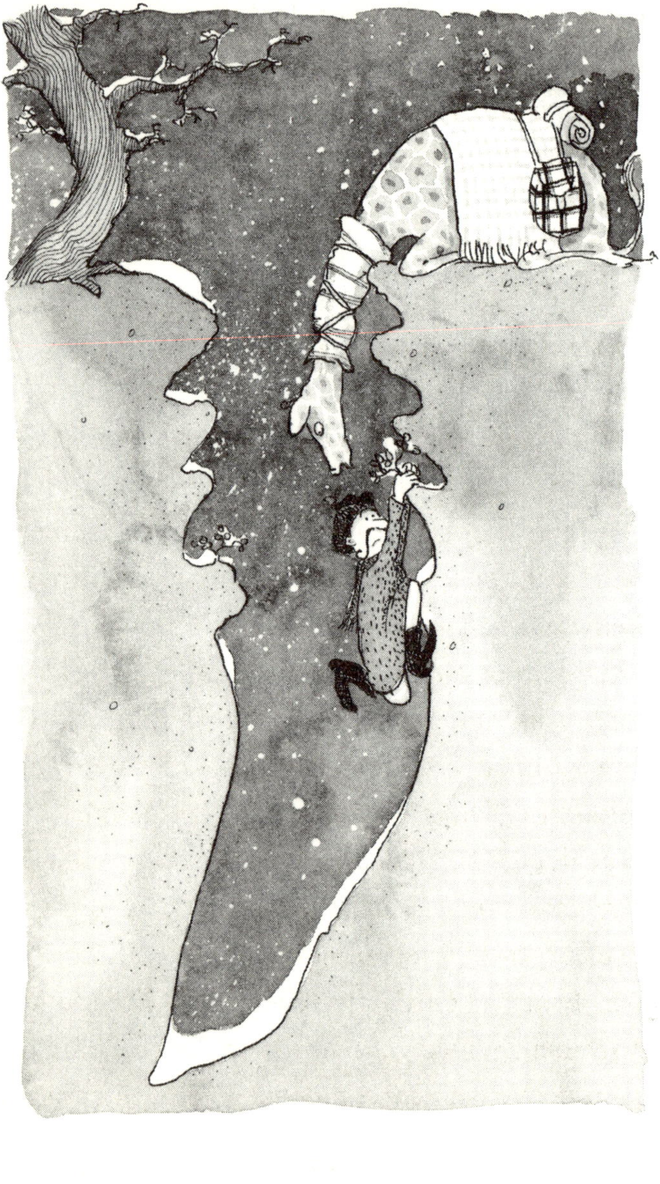

Kuss mitten ins Gesicht. Der Sheriff ergriff das Seil, das um ihren Hals hing, und zog sich daran über die Felskante. Eine Weile lag er ganz still da, die Wange in den Schnee gedrückt. Puh, das hätte böse ausgehen können ... Seine Beine zitterten und er war ganz erschöpft. Es war wohl das Vernünftigste, ein Lager aufzuschlagen und abzuwarten, bis es aufhörte zu schneien.

Unter einigen großen vornübergeneigten Felsen fand er einen einigermaßen geschützten Platz, der fast schneefrei war. Eine große Schneewehe auf der einen Seite der Felsen gab ihm ein wenig Windschutz.

Nachdem er Delicia mit Heu gefüttert und ihr einen süßen Mandelkeks zur Belohnung für ihre gute Tat gegeben hatte, kroch er tief in die Felsspalte. Dort knisterte bald ein gemütliches Lagerfeuer. Mit gutem Appetit aß er von seinem Proviant. Lecker! Kaltes Hühnchen und Sirupbrote schmeckten einfach gut.

Der Sturm heulte zwischen den Felsen und warf den Schnee hin und her. Ein Schläfchen nach dem Essen wäre nicht schlecht, dachte der

Sheriff, aber obwohl er müde von dem anstrengenden Ritt war, konnte er nicht einschlafen. Zu viele Gedanken drehten sich in seinem Kopf. Er musste sich eingestehen, dass er nicht wusste, wo er war.

»Das ist ja ein Ding. Man ist wegen eines wichtigen Auftrags unterwegs und dann verirrt man sich«, brummte er schlecht gelaunt.

Fabian hatte er schon ziemlich lange nicht mehr gesehen. Wie sollte er Allan Madd finden, wenn der Köter nicht zurückkam? Er zog seine Kleidung und die Extradecke enger um sich und suchte eine einigermaßen bequeme Stellung.

Kurz vor dem Einschlummern hörte er einen winzigen Laut. Er hob den Kopf und lauschte. Selbst durch das Getöse des Sturms war das Geräusch zu hören. Es klang klagend, wie ein schreckliches Jammern. Dem Sheriff standen die Haare zu Berge. Ein entsetzlicher Gedanke war ihm plötzlich gekommen und der ließ sich nicht mehr beiseite schieben. Sollte er sich etwa auf den falschen Pfad verirrt und in die Nähe des Bestattungsplatzes der Rabenindianer geraten sein? Dorthin durfte kein weißer Mann seinen Fuß setzen. Die Indianer sagten, die Geister bestraften jeden, der sich dorthin wagte. Dieser Gedanke ließ ihn vor Schreck erstarren. Bestimmt waren das Geräusche von Geistern oder Dämonen, was sollte es sonst sein? Keine Menschenseele ging bei diesem Wetter vor die Tür. Oder vielleicht doch? Ein kleiner Hoffnungsschimmer wuchs in ihm.

»Fabian!«, rief er. »Bist du es, Fabian?«

Aber kein Hund tauchte in dem weißen Schneemeer auf. Jetzt ertönte es wieder, das schwache Wimmern. Täuschte ihn das Brüllen des Sturmes? Piepste und pfiff nur der wirbelnde Schnee? Oder war es etwas anderes ... der Ahn eines Rabenindianers, der unselig durch die Berge irrte? Ein Geisterindianer, der seinen Skalp haben wollte? Hu! Hier konnte er nicht bleiben. Er musste weg, wie sehr es auch stürmte und schneite. Weg von diesem schrecklichen Ort!

Er raffte seine Sachen zusammen und stolperte aus der Felsspalte. Delicia döste im Stehen, die anstrengende Reise hatte sie müde gemacht.

Der Sheriff wollte sich gerade in den Sattel schwingen, als das Geräusch erneut ertönte, diesmal war es hinter ihm, ganz nah. Er drehte sich um.
Vor seinen Augen verdichtete sich der Schnee zu einer weißen, unförmigen Gestalt, die langsam auf ihn zukam. Der Sheriff keuchte. Dort, wo das Gesicht sein musste, war nur ein dunkler Schatten zu sehen und aus dem Schatten ertönten Schluchzer und Stöhnen, die dem Sheriff das Blut in den Adern gefrieren ließen und ihm kalte Schauder über den Rücken jagten. Er stand wie festgenagelt da und konnte keinen Finger rühren. Mit weit aufgerissenen Augen starrte er auf die Gestalt, die langsam näher kam.
Jetzt ist alles aus, dachte der Sheriff und schloss die Augen. Leb wohl, du grausame Welt …
Da ertönte ein dünnes Stimmchen.
»Sheriff?«
Der Sheriff traute seinen Ohren nicht. War das denn möglich? Das war ja … das war ja die Stimme von Große Gefahr! Große Gefahr stol-

perte weinend und klagend im Schneesturm voran. Der Sheriff seufzte erleichtert. Der Junge war mit Schnee bedeckt und die Kapuze seiner Felljacke verbarg sein Gesicht. Bald hatte ihn der Sheriff freigeklopft und vors Feuer gesetzt. Er hüllte ihn in die Decke ein und reichte ihm einen Becher Blaubeersuppe.

Aber Große Gefahr konnte nicht trinken, so sehr zitterte er vom Weinen und von der Kälte.

»Hör jetzt auf zu jammern«, sagte der Sheriff streng. »Erzähl mir lieber, warum du hier bist!«

Als Große Gefahr endlich mit dem Weinen aufhörte, begann er seine traurige Geschichte zu erzählen. Wie wütend er gewesen war und wie er beschlossen hatte dem Sheriff zu folgen.

»Ich habe heute Nacht heimlich gepackt, und bevor am Morgen jemand aufwachte, hab ich mich weggeschlichen«, sagte Große Gefahr hicksend. »Ich hab mir Mamas Pony geliehen und bin nach Buffalo City geritten. Dort hab ich mich versteckt und gewartet, bis ihr losgezogen seid. Ja, und dann brauchte ich euch ja nur zu folgen, das war ganz einfach.«

Er verstummte. Der Sheriff schwieg und wartete.

»Jaaa ... aber dann hab ich euch aus den Augen verloren«, fuhr Große Gefahr mit zitternder Stimme fort. »Und als ich absaß, um im Schnee nach Delicias Spuren zu suchen, ist das Pony abgehauen ... seitdem bin ich gelaufen und gelaufen und wusste nicht, wo ich war. Und das Pony hab ich doch ohne Erlaubnis genommen – wenn ich es nun nie wiederfinde!«

Der Indianerjunge brach erneut in Tränen aus und der Sheriff versuchte ihn mit einem Mandelkeks zu trösten.

»Das Schlimmste hab ich noch gar nicht erzählt«, schluchzte Große Gefahr. »Das Pony ist mit all meinen Waffen verschwunden. Jetzt hab ich nur noch das hier, und das ist stumpf.«

Er zeigte ein kleines Messer.

Der Sheriff klopfte ihm auf die Schulter.

»Wir brauchen keine Waffen – was wir brauchen, ist eine List!«

Der Meinung war Große Gefahr ganz und gar nicht.

»Wie soll man denn ohne Waffen kämpfen?

Man kann doch niemandem mit einer List auf den Kopf hauen.«
Er hatte das Gefühl, er müsste dem Sheriff das mit den Waffen mal richtig erklären, aber in diesem Augenblick hatte er einfach keine Kraft dazu. Die Augen fielen ihm zu. Der Schneefall hatte nachgelassen und der Wind heulte nicht mehr so laut. Der Sheriff pfiff ein Liedchen. Es klang entsetzlich. Am liebsten hätte Große Gefahr sich die Finger in die Ohren gesteckt, aber bald schlief er wie ein Stein, trotz der grässlichen Töne.

Der Sheriff saß in finsteren Gedanken versunken da. Er konnte Große Gefahr nicht in den Bergen lassen, allein und ohne Pferd. Ihm blieb nichts anderes übrig als den Jungen mitzunehmen, wenn er nach den Kidnappern und Dieben fahndete. Und Fabian war verschwunden. Was soll ich machen, dachte der Sheriff. Soll ich nach Hause zurückkehren oder ohne Fabian weitersuchen?
Er kroch aus der Felsspalte und sah sich um. Es war immer noch windig, aber es hatte fast auf-

gehört zu schneien und die Sicht war ziemlich gut. Als er entdeckte, dass er sich ganz in der Nähe des Reitpfades zum Red Rock befand, bekam er gleich bessere Laune.

»Da ich diesem Pfad so nah bin und keine Ahnung habe, welchen Weg ich sonst nehmen sollte, kann ich genauso gut weiter zum Red Rock reiten«, beschloss der Sheriff. »Und vielleicht taucht der Köter ja wieder auf.«

Er weckte Große Gefahr und bald saßen sie beide auf Delicias Rücken, während die Giraffe langsam durch die Schneewehen watete.

Kapitel 5

Hoch oben in den Bergen, am Fuß des Red Rock, standen drei kleine windschiefe Häuser, die sich gegeneinander zu lehnen schienen, um sich gegen den kräftigen Wind zu schützen, der durch alle Löcher und Ritzen pfiff. Ja, man konnte es kaum Häuser nennen – richtige Schuppen waren es, zusammengenagelt aus einem einzigen Durcheinander von Brettern, Planken und Stämmen.

Sie standen schon lange dort und waren von Wind und Wetter grau und bemoost.

Aus einer einsamen kleinen Fensteröffnung in der größten Hütte leuchtete ein schwaches Licht. Dort drinnen war es warm und schön.

Vor einer Mauer aus grauem Fels stand ein schwarzer Eisenofen. Das Feuer knisterte munter und das Kaminrohr glühte heiß und rot. Eine Wand war vom Boden bis zur Decke mit einem Holzstapel bedeckt, an der anderen befand sich ein roh zusammengehämmertes Bett mit drei Etagen. Mitten im Raum standen ein wackliger Tisch und einige Stühle.

Darüber hing eine Petroleumlampe und beleuchtete matt die drei Figuren, die um den Tisch saßen. Sie hatten gerade zu Abend gegessen. Rotes Fell hieß der große, magere Indianerjunge, der lustlos in einer Portion verpappter weißer Bohnen stocherte. Ihm gegenüber saß Allan Madd, ein blasser Junge mit mausgrauen Haaren, die ihm über die Augen hingen. Die Leute behaupteten, er sei verrückt. Doch er tat nur immer das, was ihm gerade einfiel. Jetzt knabberte er nervös an den Fingernägeln und sah unglücklich aus. Die dritte Person am Tisch war der berüchtigte Bandit Bum Doley. Bum wurde er nicht genannt, weil es bum machte, wenn er schoss, im Gegenteil – er war ein guter Schütze. Den Namen hatte man ihm gegeben,

weil er bei seinen Überfällen gern Dynamit benutzte. Wenn es irgendwo ordentlich knallte – BUUMMM!! –, zum Beispiel in einer Bank, dann konnte man sicher sein, dass Bum Doley wieder mal auf Raubzug war. Er hatte halblange strähnige Haare, dunkle Bartstoppeln und eine kleine glänzende Babynase zwischen den hellblauen Augen. Fröhlich lächelnd stopfte er sich das letzte Stück fetten Speck in den Mund und wischte sich die Hände an der Hose ab.

Allan Madd hatte in einem Flusslauf nah beim Red Rock Gold gefunden und zusammen mit seinem Freund Rotes Fell so viel herausgewaschen, dass es einen ganzen Lederbeutel füllte. Eines schönen Tages war Bum Doley aufgetaucht und hatte es ihnen abgenommen. Wäre er einfach wieder abgehauen, wäre ja alles gut gewesen, aber er blieb und zog in den kleinen Schuppen. Rotes Fell und Allan Madd wurden seine Sklaven und Gefangenen. Dauernd mussten sie ihn bedienen – Essen kochen und abwaschen, das Feuer in Gang halten und seine schmutzigen Strümpfe waschen und all die anderen langweiligen Sachen erledigen, zu denen

Bum Doley keine Lust hatte. Frühmorgens wurden sie aus den Betten geworfen, dann mussten sie raus und Gold für ihn waschen. Er saß bequem gegen einen Stein gelehnt und sah ihnen beim Arbeiten zu. Fliehen konnten sie nicht. Der Bandit hatte ein Vorhängeschloss an der Stalltür angebracht, also konnten sie ihre Pferde nicht herausholen. Wenn er wegging und sie allein im Haus blieben, schloss er immer die Tür ab. Und das einzige Fenster des Schuppens ließ sich nicht öffnen, das hatte er zugenagelt.

Jetzt rülpste Bum Doley zufrieden, brach einen Splitter aus der Tischplatte und fing an sich damit in den Zähnen zu stochern.

»Also, Jungs, bei diesem Wetter kann man kein Gold waschen. Ihr macht morgen weiter. Ich brauch noch viel mehr als das«, sagte er und klopfte sich auf die Westentasche, in der er den Beutel mit dem Gold verwahrte. »Mindestens doppelt so viel. Dann geh ich in die Stadt und lebe wie ein König im Saloon. Den ganzen Tag trink ich Birnenlimo und hab schöne Damen um mich herum.«

Allan Madd und Rotes Fell sahen ihn wütend an. Das war Bum Doley vollkommen wurscht. Er war satt und gut gelaunt.

»Wir werden kein einziges Körnchen Gold für dich waschen«, fauchte Allan.

»Nee, das kannst du vergessen«, sagte Rotes Fell und fuchtelte Bum Doley mit der Gabel vor der Nase herum.

Bum Doley zog seinen Revolver hervor und knallte den Lauf auf den Tisch.

»Das werdet ihr wohl«, sagte er drohend. »Vergesst nicht, wer hier das Sagen hat. Ich bin bewaffnet – ihr nicht!«

Er wedelte mit den Armen und fegte alles vom Tisch. Blechteller, Gabeln, Becher und der schmutzige Topf mit dem Rest Bohnen flogen mit großem Getöse auf den Fußboden.

»Ihr könnt jetzt mit dem Abwasch anfangen«, sagte er höhnisch. »Und dann könnt ihr meine Stiefel putzen.«

Er ließ sich auf das unterste Bett plumpsen und machte es sich gemütlich. Den Revolver legte er sich auf den Bauch.

Rotes Fell knirschte vor Wut mit den Zähnen,

aber sie konnten nichts machen, Allan und er.

Sie kochten etwas Wasser und fingen mit dem Abwasch an.

»Dieser fiese Typ macht mich verrückt«, flüsterte Rotes Fell. »Wollen wir ihn mit den Gabeln angreifen?«

Allan starrte seinen Freund an.

»Bist du wahnsinnig? Er kann uns doch erschießen!«

»Och, das tut er schon nicht. Wer soll dann für ihn Gold waschen?«

»Da hast du Recht. Aber er kann uns morgen noch früher aus dem Bett schmeißen«, knurrte Allan. »Und uns dazu zwingen, alles Geschirr zweimal abzuwaschen und den Fußboden jeden Tag dreimal zu schrubben und …«

»Ich versteh, was du meinst«, flüsterte Rotes Fell. »Aber bald muss was passieren! Bist du sicher, dass Fabian kapiert hat, dass er zum Sheriff laufen sollte?«

»Er ist der klügste Hund der Welt«, zischte Allan. »Er hat genau verstanden, was er zu tun hat. Der Sheriff müsste schon lange hier sein.

Hoffentlich hat er sich in dem Unwetter nicht verirrt.«

»Hört mit dem Getuschel auf!«, brüllte Bum Doley. »Wenn ich mein Schläfchen halte, hat es hier grabesstill zu sein. Jetzt habt ihr alles kaputtgemacht, jetzt kann ich nicht mehr einschlafen«, jammerte er. »Dann kann ich auch wieder aufstehen und gleich mal um die Hausecke verschwinden.«

Er ging nach draußen und kam bald darauf zurück, fröhlich und gut gelaunt.

»Es hat aufgehört zu schneien«, sagte er. »Die Luft ist klar und man kann weit schauen. Wenn man scharfe Augen hat wie ich, sieht man alles, was sich bewegt, auch den kleinsten Giraffenkopf ...«

»Der Sheriff!«, rief Allan aus und schlug sich mit der Hand auf den Mund. Bestürzt sah er Rotes Fell an.

»Erraten!«, sagte Bum Doley grinsend.

Er stürmte wieder hinaus, schloss die Tür hinter sich ab und tanzte fast den Pfad hinunter. Er konnte sein Glück kaum fassen! Da war er doch tatsächlich genau im richtigen Moment hinausgegangen und hatte einen Blick in genau die richtige Richtung geworfen! Jetzt sollte der Sheriff eine Überraschung erleben. Bum Doley gluckste laut vor sich hin, als er sich hinter einem hohen Steinblock dicht am Weg versteckte. Er musste ziemlich lange warten und hörte plötzlich einen merkwürdigen Laut, den ihm der Wind herübertrug. Es dauerte eine Weile, bis er begriff, dass jemand pfiff – der Sheriff! Er pfiff ein Lied, aber so falsch und schlecht, dass man es unmöglich erkennen konnte. Bum Doley zog den Revolver und entsicherte ihn. Er musste nicht mehr lange warten!

Kapitel 6

Der Sheriff war vollkommen überrascht, als er nach einer scharfen Wegbiegung plötzlich die Schuppen und das kleine Fenster entdeckte, das wie ein Auge in der Dämmerung leuchtete. Er hielt Delicia an. Dort hinten bewegte sich nichts. Die saßen natürlich drinnen in der Wärme und ließen es sich gut gehen.

»Wir sind da«, sagte er leise zu Große Gefahr. Der Junge, der das letzte Stück halb geschlafen hatte, richtete sich jäh auf. Jetzt war er hellwach.

»Und ich hab nicht die kleinste Axt bei mir«, jammerte er.

»Vergiss deine alten Äxte«, sagte der Sheriff.

»Bald zeig ich dir, wie man das macht. Gerissen muss man sein, wenn man Ganoven fangen will!«

Er deutete auf die Häuser.

»Das letzte Stück müssen wir sehr vorsichtig sein. Wenn wir es bis dorthin schaffen ohne entdeckt zu werden, dann haben wir die besten Chancen, den fiesen Ganoven zu fangen.«

Langsam und lautlos näherten sie sich den Häusern, Schritt für Schritt. Plötzlich hielt der Sheriff die Giraffe wieder an. Große Gefahr sah ihn fragend an. Der Sheriff legte den Zeigefinger auf die Lippen zum Zeichen, dass der Indianerjunge still sein sollte. Er ließ den Blick über die kleine Ansammlung von Hütten und den Weg gleiten, der zu ihnen hinaufführte. Etwas stimmte nicht, er wusste nur nicht, was. Er lauschte auf verdächtige Geräusche, aber nur das Heulen des Windes war zu hören. Er schnupperte in der Luft und nahm den schwachen Geruch von Rauch wahr, der aus dem Schornstein dort hinten quoll. Alles schien ruhig zu sein und er trieb Delicia wieder an.

Nach wenigen Metern erstarrte er im Sattel.

Jetzt wusste er, was nicht stimmte. Die Fußspuren auf dem Pfad! Das waren Spuren von jemandem, der die Häuser verlassen hatte und genau auf ihn und Große Gefahr zugekommen war. Aber keine Spuren führten zurück. Und sie waren niemandem begegnet ...

Im selben Moment krachte ein Revolverschuss.

»Halt!«, ertönte ein Ruf hinter ihnen.

Der Sheriff zuckte so zusammen, dass Große Gefahr fast von der Giraffe gefallen wäre. Bum Doley sprang aus seinem Versteck hervor, zog den Hut und verbeugte sich tief vor dem Sheriff.

»Guten Abend, guten Abend. Der Herr Sheriff sucht bestimmt nach einem Schlafplatz für die Nacht. Dafür werde ich sorgen, alter Freund«, sagte er hohnlachend.

Der Sheriff wurde blass. Was für eine Schande! So eine Schmach! Er – der schärfste Sheriff des Westens – gefangen in einem albernen Hinterhalt, von einem miesen Dieb und Betrüger wie Bum Doley! Er war so wütend, dass er nicht mehr denken konnte. Starr und stumm saß er im Sattel.

Bum Doley war weder starr noch stumm.
»Hier entlang, bitte.« Er grinste. »Und macht keine Dummheiten – ich hab euch in der Schusslinie.«
Er fuchtelte drohend mit dem Revolver. Der Sheriff knirschte mit den Zähnen. Ihm blieb nichts anderes übrig als dem Banditen zu gehorchen und weiter zu den Hütten hinaufzureiten. Auf dem Hof bekamen sie den Befehl abzusitzen und Bum Doley nahm dem Sheriff den Revolver ab.
»Jetzt winkt Allan und Rotes Fell höflich zu«, sagte er höhnisch.
Der Sheriff und Große Gefahr hoben mutlos grüßend die Hände zu den beiden Gesichtern am Fenster. Fast meinten sie die Enttäuschung und Ohnmacht von Allan und Rotes Fell zu spüren. Aber Bum Doley war fröhlich wie eine Lerche. Er sperrte Delicia zu den Pferden und schubste den Sheriff und Große Gefahr in den kleinsten Schuppen. Sie hörten, wie er die Tür von außen verriegelte und zufrieden summend davonging.
Die Dämmerung senkte sich und ein blasser

Mond ging auf. Im Schuppen war es fast ganz dunkel. Große Gefahr sank in sich zusammen. Wir sind besiegt, dachte er. Von einem Schurken mit einem einzigen kleinen Revolver. Und wir haben nichts anderes als mein stumpfes Messer. Ihn fror. Wir werden erfrieren und zu Hause erfahren sie nie, wo ich abgeblieben bin ... Wütend trat er gegen die Wand.

»Er hatte nur einen Revolver und trotzdem hat er uns geschnappt. Warum hast du nichts getan?«

»Weil es nichts zu tun gab«, fauchte der Sheriff. »Glaubst du etwa, es wäre besser gegangen, wenn ich fünfzehn Revolver gehabt hätte?«

»Ja, das glaube ich«, sagte Große Gefahr grimmig. »Und warum hast du nicht deine List eingesetzt?«

Der Sheriff antwortete nicht. Im Schuppen war es still. Nach einer ganzen Weile sagte Große Gefahr mit finsterer Stimme: »Und was machen wir jetzt?«

»Den bescheuerten Bum Doley müssten wir leicht überlisten können«, knurrte der Sheriff.

Er sah sich in dem engen Schuppen um und tastete die Wände ab.
»Hier gibt es fast nichts«, sagte Große Gefahr, »nur einen verbeulten Eimer ohne Boden und einen alten Spaten. Damit kann man nicht viel machen.«
»Ich hab's!«, sagte der Sheriff. »Dieser windige Bau ist sehr schmal. Ich kann die Hände gegen die eine Wand und die Füße gegen die andere stemmen, dann arbeite ich mich hinauf bis über die Tür. Du lockst inzwischen Bum Doley her und bringst ihn dazu, dass er aufschließt, und wenn er in der Türöffnung steht, werfe ich mich auf ihn und nehm ihm den Revolver ab.«
Große Gefahr hatte plötzlich wieder Hoffnung und auch sein Mut kehrte zurück.
»Das ist leicht!«, sagte er und klatschte vor Begeisterung in die Hände.
Der Sheriff nahm den alten Spaten und begann damit gegen die Wände zu schlagen, dass der ganze Schuppen bebte. Das knallte und rumste. Große Gefahr spähte durch eine Ritze und sah Bum Doley auf die Treppe herauskommen. Er hielt eine Laterne in der Hand.

»Was treibt ihr da?«, schrie er.
»Ich zaubere!«, rief Große Gefahr.
»Du plauderst? Du plauderst mir ein bisschen zu laut!«, grölte Bum und kam ein wenig näher, um in dem kräftigen Wind besser hören zu können.
»Ich ZAUBERE!«, schrie der Indianerjunge so laut und schrill, dass der Sheriff sich die Ohren zuhalten musste.
»Zauberst? So was Blödes hab ich noch nie gehört«, rief Bum und kam noch etwas näher.
»Jetzt musst du hochklettern. Schnell!«, flüsterte Große Gefahr dem Sheriff zu, der sich hinaufzog. Währenddessen redete Große Gefahr mit Bum.
»Du denkst natürlich, ich bin ein ganz normaler Junge«, rief er. »Aber das bin ich nicht. Ich bin ein großer Medizinmann und kann zaubern. Vorhin habe ich mich in einen Jungen verwandelt.«
Draußen wurde es still. Nur der Wind war zu hören, der durch die vielen Ritzen und Löcher pfiff. Langsam und mit großer Anstrengung arbeitete sich der Sheriff bis zur Oberkante der Tür hinauf. Große Gefahr rief wieder.

»Ich kann dir beweisen, dass ich zaubern kann! Gerade hab ich den Sheriff weggezaubert. Er ist jetzt draußen bei dir.«
Bum Doley drehte sich hastig einmal um sich selbst und sah ängstlich in alle Richtungen, konnte aber keinen Sheriff entdecken.
»Glaubst du, ich würde darauf reinfallen?«, schrie er großkotzig und wandte sich ab, um in die Wärme der Hütte zurückzukehren.
Große Gefahr war ganz unglücklich, als er das sah, er musste sich rasch etwas einfallen lassen. Inzwischen hatte der Sheriff die Oberkante der Tür erreicht und hing dort erschöpft und keuchend. Er nickte und war bereit.
»Schade, dass du solche Angst vor mir hast«, schrie Große Gefahr in die Dunkelheit hinaus.
Bum Doley blieb jäh stehen.
»Angst vor dir? Haha! Ich soll vor DIR Angst haben? Ich hab vor gar nichts Angst, schon gar nicht vor so einem Zwerg wie dir.«
»Dann komm her und beweis mir das!«, schrie Große Gefahr. »Wenn du dich traust.«
Bum Doley zögerte eine Weile. Schließlich hatte er sich entschieden und kam langsam zu-

rück. Die ganze Zeit spähte er nach allen Seiten. Er war sauer auf sich selbst, weil er das tat, er wusste ja, dass der Sheriff noch im Schuppen war, alles andere war unmöglich. Man konnte doch niemanden einfach durch Bretterwände zaubern ... Dieser freche kleine Knirps sollte bloß nicht versuchen ihn reinzulegen. Einige Meter vom Schuppen entfernt blieb er wieder stehen.

»Na, dann zeig's mir mal, du kleines Lügenmaul!«, schrie er. »Wenn du kannst.«

»Babyleicht«, antwortete Große Gefahr. »Mach doch die Tür auf, dann siehst du, dass ich hier drinnen allein bin.«

Er warf einen Blick nach oben. Der Sheriff war rot vor Anstrengung und keuchte heftig. Seine Arme und Beine zitterten. Bald würde er sich nicht mehr halten können.

»Halt aus, nur noch einen winzigen Augenblick«, flüsterte Große Gefahr.

Bum Doley stand unbeweglich wie eine Statue vor dem Schuppen.

»Hab ich's doch gewusst«, sagte Große Gefahr höhnisch, »du traust dich nicht. Oder?«

Das war zu viel für Bum Doley. Er lief auf die Tür zu, entriegelte sie, machte rasch einen Schritt rückwärts und zielte mit dem Revolver auf die Türöffnung. Dort stand Große Gefahr.
»Ich bin ganz allein hier«, sagte er. »Komm rein und überzeug dich selbst davon.«
Sehr vorsichtig kam Bum Doley näher. Er hielt die Laterne hoch, um besser sehen zu können. Die Flamme flackerte im Wind. Genau vor der Tür blieb er stehen und starrte entsetzt in den kleinen Schuppen. Dort war kein Sheriff zu sehen.
»Komm rein und sieh gründlich nach«, schlug Große Gefahr vor.
»Nein, danke, ich hab genug gesehen«, sagte Bum Doley. Seine Augen waren rund vor Entsetzen.
Im selben Moment kam eine Windbö und löschte die Flamme der Laterne. Blitzschnell schlängelte sich Große Gefahr an Bum vorbei und verschwand in den Schatten.
»Nein! Halt!«, brüllte Bum. »Komm zurück. Oder ich schieße.«
Aber es war zu spät, Große Gefahr war schon weg.

Jetzt kann ich nicht mehr, dachte der Sheriff. Ich falle runter auf die Schwelle und der verdammte Bandit erschießt mich.
Da erklang ein Pfeifen in der Nacht, klar und deutlich. Falsch und schrill ...
Bum Doley fuhr auf dem Absatz herum.
»Der Sheriff!«, keuchte er. »Dann stimmt es also?«
Jetzt ertönte dasselbe Pfeifen aus einer anderen Richtung. Bum standen vor Entsetzen die Haare zu Berge. In wilder Panik stürmte er zurück zum Haus und im selben Moment plumpste der Sheriff herunter und stürzte sich fast zu Tode. Aber er kümmerte sich nicht darum, er war wütend wie eine Wespe, weil sein feiner Plan nicht geklappt hatte. Mit schmerzenden Knochen humpelte er davon.

Kapitel 7

Drinnen in der Hütte war es finster. Allan Madd und Rotes Fell hatten alle Hoffnung, doch noch befreit zu werden, aufgegeben. Wer um alles in der Welt sollte Bum Doley überlisten, wenn das nicht einmal der Sheriff von Buffalo City schaffte? Nein, den bösen Schurken wurden sie vermutlich nie mehr los.

Bum Doley trabte ruhelos auf und ab. Das hatte er getan, seitdem er wieder hereingekommen war nach dem schrecklichen Erlebnis mit dem verschwundenen Sheriff und dem unheimlichen Pfeifen in der Dunkelheit, das ihm das Blut in den Adern hatte gefrieren lassen. Er blieb am Fenster stehen und rieb mit dem

Pulloverärmel ein wenig Raureif weg, um hinaussehen zu können. Er erstarrte. Bewegte sich da draußen nicht etwas? Er drückte die Nase gegen die kalte Scheibe und schaute genauer hin. Nein, er musste sich getäuscht haben. Er war nervös und fing vermutlich an Gespenster zu sehen. Der Hof lag verlassen und still da, nirgends die geringste Spur von Geistersheriffen oder Rotzjungen. Er atmete auf.

»Hu! Seid froh, dass ihr das nicht erleben musstet«, sagte er zu Allan und Rotes Fell. »Den Gespenstersheriff hättet ihr Memmen nie überlebt. Aber ich bin groß und stark, ich hab ihn besiegt und verscheucht.«

»Ge-Ge-Gespenstersheriff?«, stotterte Allan mit aufgerissenen Augen.

»Genau«, grölte Bum Doley. »Was denkst du denn, wie der sonst rauskommen konnte – geradewegs durch eine Bretterwand, wenn er nicht verzaubert war, he? Ich hab's mit eigenen Augen gesehen ... ich hab die Tür geöffnet und er war weg!«

»A-aber wer hat ihn verzaubert?«, fragte Rotes Fell entsetzt.

»Der Medizinmann natürlich! Kapiert ihr denn gar nichts?« Bum klopfte sich mit dem Zeigefinger gegen die Stirn.

»Der Medizinmann?«, sagten Allan und Rotes Fell im Chor.

Bum gab auf, es ihnen erklären zu wollen. Er musste aus dem Fenster spähen. Aber vorher versetzte er dem Tisch einen Tritt.

»Könnt ihr nicht irgendwas Vernünftiges machen, während ich Ausschau halte?«, sagte er mürrisch. »Ich brauch was zu essen, damit ich Kraft habe, uns gegen all die Gefahren da draußen zu beschützen. Mal los! Speck auf den Tisch!«

Während Allan und Rotes Fell hastig die große Bratpfanne und das Fett hervorholten, um Speck zu braten, öffnete Bum die Tür. Er lehnte sie an und steckte den Revolver durch den schmalen Spalt.

»Ich schieß mal ein bisschen, sicherheitshalber«, murmelte er und feuerte einige Schüsse in die stille Nacht ab. Dann schloss er die Tür schnell wieder und legte den Riegel vor. Er würde nicht einen Schritt vor die Tür tun, bevor es hell wurde.

Inzwischen war es Nacht geworden. Der Wind hatte sich gelegt und der Himmel stand hoch und schwarzblau über dem Red Rock. Die Sterne funkelten und der Mond leuchtete kalt. Der Sheriff und Große Gefahr standen außer Sichtweite vom erhellten Fenster und schlugen mit den Armen um sich, um sich warm zu halten. Der Atem stand in weißen Wölkchen vor ihren Mündern.

»Da drinnen haben sie es schön warm. Sie haben Feuerholz und was zu essen.« Der Sheriff seufzte tief. »Und wir stehen hier draußen und haben nichts.« Wieder seufzte er, noch tiefer, und rieb seine kalten Finger.

»Wir müssen was unternehmen«, sagte Große Gefahr. »Wir müssen Bum Doley zeigen, wer hier das Sagen hat.«

»Und wie sollen wir das anstellen?«, fragte der Sheriff. »Noch einmal können wir ihn nicht reinlegen. Nein, wir können nichts tun. Oder soll ich vielleicht hingehen, an die Tür klopfen und rufen: ›Im Namen des Gesetzes! Gib auf und komm raus!‹?«

Der Junge antwortete nicht und der Sheriff fuhr fort: »Bum Doley, diese Schlange, würde sich totlachen und bald würde jeder Ganove und Bandit im ganzen Wilden Westen die blamable Geschichte kennen. Das wäre ja furchtbar!«

Große Gefahr wünschte, er könnte dem Sheriff helfen, aber ihm fiel überhaupt nichts ein.

»Das ist die größte Niederlage meines Lebens«, sagte der Sheriff mit gebrochener Stimme. »Noch nie ist der Sheriff von Buffalo City so reingelegt, so schändlich besiegt worden. Ich kann den Sheriffstern für immer an den Nagel hängen«, wimmerte er. »Die Leute werden mich ja auslachen!«

»Ich jedenfalls nicht«, sagte Große Gefahr und streichelte ihm über den Arm.

»Komm, wir müssen versuchen Delicia aus dem Schuppen zu befreien, dann reiten wir nach Hause«, flüsterte der Sheriff und wischte sich rasch über die Augen.

Seine Schultern hingen herunter, der Hut war verbeult und die Schnurrbartspitzen hingen noch tiefer herunter als sonst. Der ganze Mann sieht aus wie eine verdorrte Blume, dachte Große Gefahr bekümmert. Aber der Sheriff hatte

Recht, sie mussten zurück nach Buffalo City, hier würden sie erfrieren und verhungern. Die Kälte war beißend.
Sie warfen einen letzten Blick auf die Hütte, in der Allan Madd und Rotes Fell gefangen gehalten wurden. Das Licht im Fenster leuchtete warm. Sie konnten sehen, wie sich dort drinnen jemand bewegte. Der Schnee auf dem Dach war geschmolzen und es glänzte dunkel und nass. Aus dem Schornstein stieg eine dünne graue Rauchsäule geradewegs hinauf zu den Sternen.
»Oh, wenn ich bloß meinen Revolver gehabt hätte«, stöhnte der Sheriff. »Dann wäre es kinderleicht gewesen, wir hätten von Mann zu Mann gekämpft. Wenn er sich überhaupt getraut hätte rauszukommen, dieser miese Waschlappen!«
Schweigend standen sie da. Der Gedanke, dass nur Waffen sie retten könnten, bedrückte den Sheriff tief. Jetzt brauchte er einen Revolver, nichts anderes. Er musste zugeben, dass Große Gefahr Recht gehabt hatte. Schweren Herzens drehte er sich zu dem Jungen um.

»Ich habe mich getäuscht«, sagte er, »und du hattest Recht. Das Einzige auf der Welt, was uns jetzt helfen könnte, ist ...«
»Die Teppiche«, sagte Große Gefahr nachdenklich.
Der Sheriff starrte ihn erschrocken an. War der Junge durchgedreht?
»Die Teppiche!«, brüllte Große Gefahr und führte einen Kriegstanz auf, dass der Schnee um ihn aufwirbelte. »Komm! Wir müssen uns beeilen.«
Am besten, ich tue, was er will, dachte der Sheriff. Verrückten Menschen darf man nicht widersprechen – sonst werden sie erst richtig verrückt und schlagen um sich und reißen sich die Haare aus ... Dass man einen Sonnenstich kriegen kann, weiß ich ja, aber ich hab noch nie etwas von einem Schneestich gehört.
»Wir müssen zu Delicia«, sagte Große Gefahr. Eifrig lief er zum Stall. Währenddessen erklärte er dem Sheriff seinen Plan.
Vor der Stalltür blieben sie stehen. Der Sheriff untersuchte das Vorhängeschloss. Es war kräftig und würde nicht so schnell zu öffnen sein.

Doch der Stall war ganz schön baufällig und bald fanden sie ein morsches Brett, das sich mit bloßen Händen losreißen ließ. Die Öffnung war so groß, dass Große Gefahr sich hindurchquetschen konnte.

Im dunklen Stall stand Delicia zusammen mit drei Pferden. Sie war sauer. Schon seit einer Ewigkeit musste sie mit gekrümmtem Hals stehen und nichts hasste sie mehr als das. Sie sehnte sich nach Hause, in ihren eigenen schönen Stall. Endlich passierte etwas! Große Gefahr kam herangeschlichen und streichelte sie. Der Sheriff steckte den Kopf durch das Loch in der Wand. »Gute, alte Delicia! Wir müssen uns kurz deinen Schal leihen«, sagte er.
Das war zu viel für die Giraffe. Nicht genug damit, dass sie zusammengefaltet wie ein Klappmesser dastehen musste, jetzt wollten sie ihr auch noch den schönen warmen Schal abnehmen ... Sie wollte gerade einen Und-außerdem-hab-ich-Durst-Schrei von sich geben, aber der Sheriff konnte sie noch im letzten Moment daran hindern.

»Schh, Delicia! Sei ruhig. Wir dürfen jetzt nicht entdeckt werden – es ist unsere allerletzte Chance, diesen Betrüger Doley zu überlisten. Jetzt sei eine liebe Giraffe, dann darfst du nachher auch hier raus.«

Delicia beruhigte sich und ließ es zu, dass Große Gefahr das Seil abwickelte und ihr den Schal abnahm.

»Brave Giraffe«, lobte der Sheriff sie. »Bald sind wir wieder da, Delicia. Hoffentlich«, fügte er leise hinzu.

Mit den Teppichen und dem Seil liefen sie los. Der Mond leuchtete weiß, es war fast taghell. Die Schuppen warfen schwarze Schatten auf die Schneewehen, die blau im Mondschein schimmerten. In der Nähe heulte ein Wolf und irgendwo weit entfernt antwortete ihm ein anderer. Der Sheriff und Große Gefahr schlichen auf die Hütte zu.

»Wir müssen aufpassen, dass der Schurke Doley uns nicht durchs Fenster entdeckt, dann gute Nacht und goodbye«, flüsterte der Sheriff. »Doley ist gefährlich, der schießt wild um sich, wenn er nur unsere Nasenspitzen sieht.«

Ohne bemerkt zu werden erreichten sie den dunklen Schatten auf der Rückseite der Hütte. Es tropfte vom Dach.

»Die haben so gut eingeheizt, dass der Schnee auf dem Dach schmilzt«, sagte der Sheriff. »Das ist gut für uns.«

Große Gefahr nickte eifrig.

»Wir wissen, was wir zu tun haben?«, fragte der Sheriff.

Wieder nickte Große Gefahr.

»Dann los! Fangen wir an!«

Der Sheriff machte aus dem Seil eine Schlinge, so dass es wie ein Lasso funktionierte. Dann ging er ein paar Schritte zurück, zielte genau und warf die große Schlinge elegant um den Schornstein.

»Bravo! Fantastisch! Perfekt!«, zischte Große Gefahr voller Bewunderung. Der Sheriff reckte sich stolz und strich sich über den Schnurrbart. »Schließlich bin ich nicht zufällig Sheriff von Buffalo City geworden. Man kann ja dies und das ...«

Prüfend zog er am Seilende, das vom Dach herunterhing. Es schien festzusitzen. Er hob Große Gefahr so hoch, dass der Junge mit Hilfe des Seiles das steile Dach hinaufklettern konnte.

»Sei vorsichtig!«, flüsterte der Sheriff von unten.

Er konnte jetzt nichts anderes mehr tun als warten und die Daumen drücken. Große Gefahr arbeitete sich langsam aufwärts. Das Dach war nass und glitschig und er klammerte sich am Seil fest, damit er nicht abrutschte. Unter seinen Füßen lösten sich ein paar Dachschindeln, die hörbar hinunterrasten. Der Indianerjunge erstarrte. Hatte es jemand dort drinnen gehört? Er war den Tränen nahe. Hatte er jetzt alles verdorben? Aber nichts geschah. Niemand kam aus der Hütte gestürzt, um nachzusehen, was passiert war. Nach einer Weile setzte er seine mühsame Kletterpartie fort. Als er den Schornstein erreicht hatte, zog er zweimal am Seil. Das war das Zeichen für den Sheriff, dass er oben angekommen war. Unten band der Sheriff rasch das Seilende um einen

der Teppiche. Als das erledigt war, zog er zweimal am Seil.
»Gut«, murmelte Große Gefahr.
Er begann den Teppich heraufzuziehen. Das war schwerer, als er gedacht hatte, aber schließlich hatte er es geschafft. Er löste das Seil, nahm den Teppiche auf den Arm, richtete sich langsam auf und balancierte vorsichtig auf dem Dachfirst entlang. Da nahm er den Duft wahr! Der Rauch aus dem Schornstein roch nach gebratenem Speck! Er witterte und schnupperte. Große Gefahr hatte solchen Hunger und es roch so wunderbar, dass er fast vergaß, wo er war und was er zu tun hatte. Dann riss er sich zusammen und begann den Teppich in den Schornstein zu drücken. Der Schornstein war eng und der Teppich steif und widerspenstig von der Kälte, doch schließlich gelang es ihm, ihn so tief hineinzustopfen, dass kein Rauch mehr herauskam. Das letzte Stück des Teppichs breitete er so aus, dass er die Schornsteinöffnung bedeckte.
Fertig!, dachte er zufrieden, ließ sich rasch am Seil herunter und landete neben dem Sheriff im Schnee.

»Na, das ist erledigt. Das ging ja prima!«

»Dann ist es Zeit für den nächsten Schritt«, flüsterte der Sheriff. »Das Schwerste haben wir noch vor uns und wir dürfen keine Sekunde verlieren.«

Mit dem stumpfen Messer von Große Gefahr schnitt er das Seil so hoch ab, wie er konnte. Das tat ihm in der Seele weh, denn es war ein ganz neues Seil, aber das half nun nichts. Große Gefahr nahm den Seilrest und der Sheriff den zweiten Teppich. Sie liefen zur Vorderseite des Hauses. Am Fenster war niemand zu sehen. Der Sheriff betete still für sich, Bum Doley möge in diesem Augenblick nicht hinausgucken. Dann maß er mit den Augen einen passenden Abstand von der Treppe ab, bis zu der Stelle, an der er den Teppich im Schnee ausrollte. Große Gefahr schlich heran und stellte sich dicht neben die Tür. Er hielt das eine Seilende in der Hand. Der Sheriff stellte sich auf die andere Seite.

»Hier!« Große Gefahr warf ihm das andere Seilende zu. Dann hielten sie das Seil so, dass es sich über die Treppe vor der Tür spannte.

»Halt fest, so fest du kannst«, flüsterte der Sheriff dem Indianerjungen zu.

Ihre Herzen hämmerten heftig. Jetzt kam es drauf an!

Kapitel 8

Der Speck zischte und hüpfte in der Pfanne und in der kleinen Hütte verbreitete sich ein wunderbarer Duft. Bum Doley warf einen Blick aus dem Fenster, aber alles schien ruhig zu sein. Seine Laune besserte sich, er beruhigte sich und wurde fast fröhlich. Er wollte sich jetzt nicht mehr wegen Kleinigkeiten, etwa komischen Geräusche vom Dach, aufregen. Da war bestimmt nur etwas Schnee abgerutscht. Und übrigens – was konnte der Sheriff ihm schon antun? Nichts! Er, Bum Doley, war es, der Wärme und Speck hatte. Was hatte der Sheriff? Nichts! Bum Doley besaß eine Schusswaffe. Was hatte der Sheriff? Nichts! Wer

war der Sieger? Natürlich Bum Doley! Er gluckste zufrieden vor sich hin, kippte mit dem Stuhl nach hinten und legte die Stiefel auf den Tisch.
»Na, wird's bald? Beeilt euch!« Er schnupperte in der Luft. »Ich glaube, der Speck brennt euch an ... hier riecht es doch nach Rauch?«
Allan Madd, der die Speckscheiben umdrehte, hustete. Aus dem Herd begann Rauch zu quellen. Vielleicht war die Klappe nicht richtig geöffnet? Er tastete danach, doch mit der Klappe war alles in Ordnung. Er öffnete den Herd und stocherte mit der Feuergabel in der Glut herum, aber dadurch wurde es nur noch schlimmer. Immer mehr Qualm drang heraus und verbreitete sich im Raum.
Bum Doley wedelte sich mit beiden Händen vorm Gesicht herum. Er begann zu husten und schrie Rotes Fell an, er solle eine Fensterscheibe einschlagen. Der Indianer schnappte sich ein Holzscheit und warf es ins Fenster. Die Scheibe zersprang in tausend Stücke. Eine Weile bekamen sie wieder Luft, aber bald füllte dicker Rauch jeden Winkel des Hauses. Es war un-

erträglich. Alle drei mussten heftig husten, ihre Augen tränten und in ihren Lungen brannte es. Raus! Sie mussten raus an die Luft! Sie stürzten zur Tür, der Tisch kippte um, Allan und Rotes Fell rissen an der abgeschlossenen Tür. Mit roher Gewalt schubste Bum Doley die beiden zur Seite und öffnete das Schloss.

Draußen vor der Tür hatten der Sheriff und Große Gefahr den Tumult mit angehört.

»Jetzt schließen sie auf. Bist du bereit?«, flüsterte der Sheriff aufgeregt.

»Ich bin noch nie so bereit gewesen!«, flüsterte Große Gefahr zurück und hielt das Seil so fest, dass seine Fingerknöchel weiß wurden.

Im selben Moment wurde die Tür aufgerissen und Bum Doley stürzte mit schussbereitem Revolver heraus.

»JETZT!!«, schrien der Sheriff und Große Gefahr gleichzeitig und spannten das Seil, das vor der Tür lag.

Bum Doley stolperte, flog in hohem Bogen die Treppe hinunter und landete auf dem ausgerollten Teppich. Aber den Revolver verlor er nicht im Fallen, den hielt er fest in der Hand. Der Sheriff stürmte auf ihn zu, rutschte aber im Schnee aus und fiel ebenfalls hin.

Da geschah etwas Unerwartetes. Im Mondschein kam ein vierbeiniges, zottiges Wesen auf sie zu. Einen Augenblick lang waren alle Blicke darauf gerichtet. Ein Wolf?! Nein, es war nur Fabian, der sich im Schneesturm verirrt und endlich nach Hause zum Red Rock gefunden hatte. Und jetzt entdeckte er sein Herrchen in der Tür. Vor Freude und Glück laut bellend rannte er auf ihn zu, um ihn zu begrüßen. Dass ihm dabei jemand auf einem alten Teppich im Weg lag, sah er nicht.

Der arme Bum Doley war, platsch, auf den Bauch gefallen – und sah jetzt aus den Augenwinkeln in Fabians aufgerissenes, rotes Maul mit den entblößten Zähnen. Er glaubte, sein letztes Stündchen hätte geschlagen. Mit einem Entsetzensschrei ließ er den Revolver fallen und schlug die Hände vors Gesicht. Aber Fabian hatte nur Augen für Allan und sauste geradewegs über Bum Doley weg.

In der Eile landete eine Pfote in Bums Nacken

und drückte das Gesicht des armen Gauners kräftig in den Schnee. Bum Doley hustete und spuckte und rieb sich den Schnee aus Mund und Augen.

»Igitt, na warte, bis ich dich kriege, du vierbeiniges Untier!«, schrie er, während er im Schnee wild nach seinem Revolver grub.

Jetzt war der Sheriff wieder auf die Beine gekommen. Wie ein Blitz stürzte er hinzu und versetzte dem Revolver einen Tritt. Dann warf er sich über Bum Doley und mit ein paar raschen Griffen hatte er den Banditen im Teppich eingerollt. Jetzt lag Bum wie eine blau gestreifte Wurst da und konnte keinen Finger rühren. Er war stinkwütend und knallrot im Gesicht.

»Lass mich los!«, heulte er. »Du miese Präerieratte! Du ... du Mistkerl!«

Der Sheriff klopfte sich in aller Ruhe den Schnee ab.

»Jetzt reicht's aber mit den Beleidigungen«, sagte er barsch. »Bleiben Sie mal auf dem Teppich, Herr Doley, oder besser gesagt, im Teppich«, fügte er mit einem Kichern hinzu.

Inzwischen war Fabian ordentlich von seinem Herrchen umarmt und gelobt worden, jetzt wollte er auch die anderen begrüßen. Er schoss auf Bum zu und leckte ihm fröhlich übers Gesicht.

»Hör auf, du pelzige Dampfwalze!«, schrie Bum, der sich nicht vom Fleck rühren konnte. Allan Madd schlug sich vor Lachen auf die Knie, ihm blieb fast die Luft weg.

»Fabian, du bist wirklich der beste Freund des Menschen«, sagte er zu dem Hund. »Aber doch hoffentlich nicht Bums Freund?« Und dann brüllte er wieder vor Lachen.

Sie befreiten den Schornstein vom Giraffenschal und betraten den Schuppen. Dort roch es nach Rauch und alles war schwarz vom Ruß.

»Aber was macht so ein bisschen Ruß, wenn man gerade einen heimtückischen Betrüger gefangen hat«, sagte der Sheriff zufrieden. »Natürlich nicht ich allein. Ein Glück, dass Große Gefahr dabei war. Ohne seinen pfiffigen Plan wäre Doley immer noch ein freier Mann.«

Er klopfte dem Jungen auf den Rücken. Allan und Rotes Fell sahen Große Gefahr bewundernd an und der strahlte über das ganze Gesicht.
»Und was für ein Glück, dass Delicia Husten hatte«, sagte er lachend.
In der Pfanne lagen die traurigen Reste vom Speck. Aber im Vorratsschrank war noch mehr leckeres Essen. Allan fachte Feuer im Herd an, Rotes Fell holte die Leckerbissen hervor und Große Gefahr deckte den Tisch mit Blechtellern und Bechern. Der Sheriff befreite Bum Doley aus dem Teppich.
»Würden Sie sich bitte aufrichten, Ganove«, sagte der Sheriff, »damit dieses hier zum Einsatz kommen kann!«
Er wedelte mit dem Seilende, das sie als Stolperdraht benutzt hatten. Bum Doley erbleichte.
»Nein, bitte nicht, lieber Sheriff!«, bat er. »Schlagen Sie mich nicht. Ich will das nie wieder tun! Ich werde ein neuer Mensch, das gelobe ich bei all meinem Gold!«
Der Sheriff starrte ihn böse an. Bum wurde dunkelrot. Ohne ein Wort holte er den Leder-

beutel mit dem Gold hervor und reichte ihn Allan.

»Was sagt man?«, fragte der Sheriff.

»Entschuldigung«, murmelte Bum und sah auf seine Stiefelspitzen.

»So gehört sich das«, sagte der Sheriff. »Und hier redet niemand von Schlagen.« Er bückte sich und fesselte Bum ans Tischbein. »So! Und jetzt wollen wir was essen! Ich bin total ausgehungert.«

Bald drängten sich alle fünf um den wackligen Tisch. Sie ließen sich die weißen Bohnen, geräuchertes Hammelfleisch, Brot und kaltes Wasser schmecken.

»Aber wenn wir nach Hause nach Buffalo City kommen, lad ich euch zu einer Birnenlimo im Saloon ein«, versprach der Sheriff, der allerbester Laune war. »Ihr könnt so viel trinken, wie ihr wollt! Aber für dich wird es schlimm«, fügte er hinzu und drohte Bum Doley mit dem Zeigefinger. »Dies ist für eine Weile deine letzte Mahlzeit in Freiheit. Du kommst in den Knast. Da gibt's nur Wasser und Brot.«

Bum sah ihn bestürzt an. Seine Unterlippe begann zu zittern.
»Nein, bitte nicht das«, wimmerte er. »Nicht in den Knast. Meiner Mama bricht das Herz, wenn sie das erfährt.«
»Da hilft kein Betteln«, sagte der Sheriff unerbittlich. »Die Gerechtigkeit muss ihren Lauf nehmen. Punktum.«
Im Osten wurde es hell und der Himmel war ganz klar. Es versprach ein herrlicher Wintertag zu werden, und sobald sie sich ein wenig ausgeruht hatten, bereiteten sie sich auf den Heimritt nach Buffalo City vor. Allan Madd und Rotes Fell kamen auch mit. Sie wollten in den Laden und grüne Seife kaufen. Vielleicht dachten sie auch an die Birnenlimo ...
»Ich glaube, ich mach dir eine kleine Schleife«, sagte der Sheriff und band Bum Doley die Arme auf dem Rücken. Dann half er ihm in den Sattel, und zwar so, dass er rückwärts saß. »Nur damit du nicht auf die Idee kommst, allein loszureiten, mein lieber Bum!«
Die kleine Karawane setzte sich bergab in Bewegung, Delicia an der Spitze mit dem Sheriff

und Große Gefahr. Danach kamen Bum Doley, Rotes Fell und Allan Madd. Fabian schoss glücklich herum und geriet immer wieder zwischen die Beine von Delicia und den Pferden. Der Sheriff war glänzender Laune. Er pfiff eine muntere Melodie. Allan und Rotes Fell steckten sich schnell die Finger in die Ohren, aber Bum Doley, der Arme, konnte das ja nicht. Große Gefahr seufzte unmerklich. Dann fing er an dieselbe Melodie wie der Sheriff zu pfeifen, genauso unerträglich falsch und schrill. Bum Doley stöhnte. Der Sheriff sah Große Gefahr erstaunt an.

»Du kannst ja richtig gut pfeifen, Junge«, sagte er voller Hochachtung. »Kennst du das Lied?«

Und er pfiff eine neue Melodie.

»Nein, die hab ich noch nie gehört«, log Große Gefahr. »Aber soll ich dir vielleicht lieber ein Lied vorsingen? Das ist ganz neu.«

Die Idee gefiel dem Sheriff und Große Gefahr begann zu singen:

Ich glaube daran, dass man
Banditen fangen kann,
Ohne Waffen, nur mit ein paar Tricks –
Rohe Gewalt, das ist doch nix.
Ist der Gauner erst mal hinter Gittern,
Soll vor Angst er richtig zittern.
Und für Allan ist es wichtig,
Dass man dem, der ihn beklaut,
Tüchtig auf die Finger haut.

Beim zweiten Mal sang Große Gefahr »Fell« statt »Allan«, damit alles gerecht zuging. Allan und Rotes Fell klatschten Beifall. »Bravo!«, rief der Sheriff. »Noch mal von vorn!« Den Wunsch erfüllte Große Gefahr ihm gern, und während sie gemächlich ins Tal ritten, tönte seine klare Stimme über die schneebedeckte Landschaft.

Delicias Husten ging bald vorbei. Ob es daher kam, dass die Medizin so stark und gut war, oder ob sie aufhörte zu husten, damit sie die Medizin nicht mehr nehmen musste – das wusste keiner so genau.

Das Pony, das Große Gefahr sich ohne Erlaubnis von seiner Mama geliehen hatte, fand allein den Weg zurück ins Dorf der Rabenindianer. Die meisten Waffen, die es getragen hatte, waren verschwunden, aber das machte nichts, fand Große Gefahr.